나는 보리밭으로 갈 것이다

b판시선 017

조길성 시집

나는 보리밭으로 갈 것이다

도서출판 b

그나마 마음 주고자 노력했던 세상 모든 고향들이 나를
버리고 떠나가고 있다.

다시 돌아갈 수 있을까.

2017년 3월

조길성

| 차 례 |

제1부

은하수

새벽에 전화하지 마라 슬픔은 수신자부담이다

한때 나는 은하수에 살던 금빛 물고기였다

갈 때 가더라도 외상 술값은 갚고 갈 것이다

수탉

　억센 다리를 가진 수탉이 마당을 거닐고 있습니다 푸른 갑옷에 검은 수염이 자랑입니다 모가지가 탱탱한 놈이 부릅뜬 눈으로 사방을 두리번거립니다 붉디붉은 벼슬은 제왕의 관을 닮았습니다만 언월도를 닮기도 했습니다 마당 가득 칼날 아래 피 뿜어내는 찬란한 빛입니다 누구 있어 내게 슬픔에 대해 묻는다면 그 혀를 잘라버리겠습니다

격파 擊破

왜 늘 절반쯤 비껴 앉으시나요

문득 어디서 긴 머리카락이 불어왔다

가을

입 돌아간 모기라더니 쏘이니

뼛속까지 얼큰하다 몸 비끼면 마음 비낀다고

허나 절반은 두고 가니 보태 쓰라고

은유의 방에서는 벌써 얼음장 갈라터지는 소리 들려오는데

면도칼로 뇌의 지문을 도려내어 꽃밭을 온통 새로 칠했으나

물매화

녹은 쇠에서 나온 것인데
그 녹이 쇠를 먹어 치운다*

다리 저는 짐승들이 시방 집으로 들지 못하고 한뎃잠을
청하고 있습니다

사하라
바람이 잠든 밤에는 지구가 스스로 도는 소리를 들을 수
있다고
독한 담뱃불 하나 이승을 떠났다

네 눈빛이 내게로 오다가 얼어붙어 툭 부러져 내린 뒤에

이제는 술 먹지 않고도 울음이 네 발로 기어 나오는 나이
헛소리처럼 꽃이 피었습니다
죽은 친구가 귀신을 쓰다듬고 있는 골목 귀퉁이 누군가
쓰다버린 물감을 개어 바른 누런 창에 비치는 얼굴

네 눈에 숯불을 넣어주랴

＊ 법구경에서

놋쇠황소

고대 시칠리아에서는 놋쇠황소라는 잔인한 사형방법이 있었다 속이 텅 빈 놋쇠황소 뱃속에 사형수를 집어넣고 밑에서 불을 때 죽이는 방법이었다 사형수가 몸부림치며 울부짖는데 그 소리가 황소의 목구멍을 통해 밖으로 나오는 과정에서 진짜 소 울음소리로 바뀐다 지켜보는 이들은 소 울음을 즐겼다고

푸줏간 쇠갈고리에 걸려 있어야 할 살코기들이 길거리에 나와 걸어 다니고 있습니다 머리가 없으니 눈도 없고 코도 없고 귀도 없습니다 입도 없으니 무슨 말을 할 수 있겠습니까 저 어두운 살점들은 어디서 와서 어디로 가는 걸까요 살코기마다 놋쇠황소를 하나씩 지니고 있습니다

질문을 그치지 않으려 별들은 눈을 감지 않습니다 우리는 잘못된 질문 어쩌면 저 별들도 잘못된 질문일 겁니다

누가 불을 질렀는지 생살 타는 냄새가 거리에 가득합니다

만 아무도 냄새를 맡지 못합니다 얼마나 독하면 유리창에까지 스며 눈을 붉히겠습니까

어제는 잘못된 질문 하나가 죽었다고 경찰서에서 전화가 왔습니다 어떤 관계냐고 잘못된 질문으로 오십여 년을 함께한 질문이지요 지하방을 술병으로 가득 채워놓고 그 가운데에 쭈그리고 있었답니다 제대로 된 질문이 되고파서 수많은 날들을 소 울음 울었을 겁니다

지금은 놋쇠황소 뱃속의 새벽 세 시입니다 전화벨이 울리는 군요 어떤 질문 하나가 뜨거워 몸부림치며 놋쇠황소를 울리고 있나봅니다

꽃을 쉬게 하세요

먼 나라의 전쟁들이여 집에 꽃을 사 들고 가는 나를 용서하라*

　너무나 멀어서 보고 싶지 않은 눈먼 그 나라를 앓으십니까
어머니 이빨 없는 구멍들로 가득한 꽃밭에서 손톱 빠진 손으로
가시를 더듬으며 대왕오징어가 뿜어내는 먹물처럼 어둠 깊은
그 나라를 앓으십니까 어머니 달마는 동쪽으로 갔다지만 더
갈 곳 없는 백성들이 좁쌀미음을 끓이는 이미 저물어 기울어진
그 나라 수평선 위에 수평이 없듯 지평선 위에 지평이 없듯
막차를 얻어 타고 없는 종점을 향하는 도무지 통째로 종점인
그 나라를 말입니다 어떤 펜으로도 총으로도 쓰일 수 없는
말들을 중얼거리며 세상 모든 비 맞은 중들이 모여 처마 끝에서
불경을 외우는 불경不敬스런 그 나라를 앓고 계십니까 어머니
송곳 하나 꽂을 곳 없이 서릿발 곁에 월세를 사는 그런 나라를
정녕 앓고 계십니까 나팔소리가 피었다 저물고 있습니다 꽃을
쉬게 해 주세요 어머니 검은 꽃들을 피 흐르는 꽃들을 기나긴
휴전선 가득 가시 돋은 저 썩지도 않는 쇠꽃들을

　* 비스와바 쉼보르스카의 시에서

20

자연은 자꾸 냉정해만지고

아침에 집 나간 사람이 돌아오지 않는 자정 너머 별을 켜둔 채 대문을 닫아겁니다 누가 배고프다 하면 허벅지를 베어 피 뚝뚝 흐르는 살을 건네주던 손이 있었지요 뿌리가 끓고 있는 꽃들을 바라보며 빗장 걸지 않는 꽃들의 나라가 그립습니다

울음 끊긴 길 위에서 바람의 질문에 골똘한 귀머거리가 툰드라로 돌아가는 겨울 매사냥꾼의 발자국 소리를 듣지 못합니다 어차피 잘못된 처방전 세상 모든 약국을 헤매어도 뼛속에 든 한기는 어쩔 수 없지요 두려움 절반 설레임 절반 그렇게 오는 꽃들은 어미 아비들을 묻고 오는 길입니다

이 생生이 내 편이기를 바라지 말았어야 했다고 서리를 이긴 꽃이 이야기합니다 몸은 허물어져서야 빛나는 집 이제 이 집도 비워야겠지요

세상 모든 얼굴 가진 것들

저 새는 긴 날을 노래 부르고 옥수수는 벌써 익었다 어려운
시절이 닥쳐오리니 잘 쉬어라 켄터키 옛집*

목덜미를 서늘히 긋고 가는 살얼음 들기 시작하는 저 물빛에
문득 얼굴들이 스친다 창백한 얼굴들이 떠다니는 깊고 푸른
물은 많은 얼굴들을 기억하고 있다는 얼굴을 하고 있다

얼마나 할 말이 많았으면 두루미는 저리 긴 주둥이를 가지고
있을까 늙은 나무가 초겨울 바람에 얼굴을 씻고 있다 부엌처럼
다시 새로워지는 나무들 가지 않고도 머물지 않는 숟가락들
그 끄트머리 골목이 골목을 쓰다듬는 서리 맞은 덩굴장미의
푸른 얼굴들

찬바람이 동맥을 긋고 지나자 물감이 흘러나온다 어떤 계절
을 그릴까 이 마지막 계절보다 더 깊숙한 목젖을 그릴 수도
있겠지

불멸의 노래는 이미 시들어버렸고 아니다 아니다 아직 얼굴
붉은 노래가 몇 잎을 토해내고 있다

* 팝송에서

잘 가라, 첫사랑 물방울 벌레들아

방충망에 투명한 벌레들이 맺혀있는 것을 본 적 있다
오늘 문득
유리창에 기어 다니는 투명한 벌레들을 본다
살아있었구나
내 몸속에서 수많은 물방울들이 아우성치고 있다
나는 물방울의 숙주
언젠가 이 몸을 버리고 떠날 것을 안다
난 이 투명한 벌레들이 무엇인지
정말 모르겠다
어쩌면 비구름 위에 떠있는 별들보다 오래되었을 것이다
불보다 더 뜨거운 존재일지도
너희들의 마음은 다이아몬드보다 더 단단할 수도 있을 것이
다
나는 지금 웜홀을 지나 다른 우주를 향하고 있다
혜성에 실려 왔을 거라는 학설을 지나
거꾸로 혜성 쪽을 향한다
첫사랑 그 아름다운 벌레들이 차창 가득 별똥별처럼 붐빈다

붐비며 내 몸속의 물방울들과 교감하고 있다

기다릴 것이다

유리창이 녹슬 때까지

그 녹물 속에서 피 묻은 첫사랑 물벌레들이 다시 눈 뜰
때까지

쇠가 부드러우면 칼을 만들 수 없고*

왜 낙서금지라 써놓고 깨끗한 담벼락을 더럽히시는지요

썩은 가마니를 뒤집자 고약한 냄새가 코를 찌릅니다만 가만
보니 잘 지은 흰 쌀밥을 한 공기 엎어놓은 듯 구더기가 바글거리
고 있습니다
물고기들이 좋아하겠네요

제 핏속에는 옳지 않은 물고기가 살고 있습니다

세 치 혀라 해서 길이를 재어 보려 했으나 그 깊이를 알
길 없어 돌아오고 말았습니다
날개 부러진 새를 오래 돌보았으나 날지 못합니다 나머지
날개를 부러뜨릴 수 없어 바라만 보고 있습니다

울음이 바닥을 밀고 올라와 흘러내리는 아스팔트를 보았습
니다 흐르다 굳어가는 얼굴도 보았습니다 물과 기름이 함께
끓다가 뜨거움이 극에 달하자 고요해지는 것을 보았습니다

내 입에 피를 품고 무슨 말을 뱉겠습니까

* 백거이의 시 「못남을 기르다」에서 따옴

27

허기

　오늘은 귀로 국수를 먹습니다 바람국수를요 바람이 키운 아이가 국수를 말고 있습니다 굶어죽은 사람의 마지막 숨결이 고명으로 얹혔네요 누군가 어깨 들먹이며 울먹이는 국수 흐느끼는 국수 한숨으로 울음으로 뜨거워진 국수를 먹습니다 내 안에 사는 허기라는 이름을 가진 짐승은 다리가 코끼리를 닮았고 대가리는 쥐를 닮은 놈이 배창새기가 흰고래수염만큼 커서 그 허기가 말도 못하여 저승 윗목에 부는 바람같이 막을 길이 없습니다* 국수를 먹습니다 불치의 국수를 집 없는 국수를 문이 없어 꽉 막힌 국수를 팔다리 잘리고 몸뚱이로만 굴러다니는 불구의 국수를

---

* 메모장에서 발견했으나 출처를 모름

28

비린내

시인이 꽃을 잃어버리고
계절이 난이도 높은 문제를 풀다 지친

새벽은 돌멩이도 신성한 꿈을 꾸는 시간 내가 온
그 나라 쪽에서 푸른 물고기 떼가 흘러오는 시간

어디서 냄새가 난다
가을 비린내
창문을 여니 사과탄을 터뜨리며 붉은 눈으로 굽어보시는
당신

입 냄새
내 생의 바깥마당에서 훅 끼쳐오는

입동立冬

우리 쓸쓸한데 어디 가서 불량식품이나 처먹을까 존나 좋아
요 잠깐 치마 좀 걷어 올리구 쓰벌 담탱이가 초월하라잖아

잘못된 시간과 고장 난 시간은 어떻게 다른가요

냉장고 차가운 바람이 느껴집니다
이 세상 아닌 곳에서 누가 냉장고 문을 열었다 닫은 모양입니
다
초경을 갓 넘은 달이 붉습니다만

겨울바람에 낙엽이

모든 신음은 붉게 그려지지만

절대온도 영하 이백칠십 도를 치고 올라오는 입술에 제
혀가 들러붙어 떨어지지 않습니다

먼지를 열고 들어갔더니 문 밖으로 흰 코끼리 떼가 소동입니
다만

가끔 왼팔이 낯설어요

발톱이 두렵구요

그녀가 골목에서 기웃거리다가 대문 안쪽으로 와락 쏟아졌
습니다

발등이 붉었습니다

여우고개

붉은 노을이 인해전술을 벌이고 있는 골짜기로 어둠이 몰려
오고 있습니다 중국인민해방군 만여 명이 몰살된 곳이라는데
꽃들은 이리 아름답습니다

데카르트는 동물을 기계의 일종이라 말한 적 있지요 서양나
라들은 유색인종을 동물원에 전시하기도 했습니다만

모피를 얻기 위해 라쿤이라는 짐승을 집단 도살하는 영상을
보았습니다 아직 순서를 기다리는 라쿤이 철망 안에서 몸을
떨고 있었습니다 맞아도 죽지 않자 발로 짓밟으니 입으로
코로 피가 쏟아져 나왔지요 살가죽이 벗겨진 살아있는 라쿤을
손질하고 있는 모습도 보았습니다 가죽이 모두 벗겨진 알몸으
로 아직 숨이 끊이지 않은 라쿤이 그 큰 눈망울을 굴리고
있었습니다

생이 반복되는 걸 원하셨지요
저는 피비린내 사이에서 다시 눈뜨고 싶지 않습니다만

어른이 되어서도 울 수밖에 없는 짐승이라는 걸 알았다면
어른이 되지 않았을 겁니다만

나는 보리밭으로 갈 것이다

지난겨울이 내게 가르쳐준 것은
수십만 킬로 고압선도 종달새의 작은 발을 따뜻하게 해
주지 못한다는 것이었다
오늘 내가 머리를 쓰다듬으니 돌멩이도 눈을 뜨더라
지렁이도 자기 몸을 즐길 줄 아는 날들이다

바람은 지난겨울 내내 믿음이 없는 사람은 예술가가 될
수 없다 중얼거리며 쏘다니다가 생각 깊은 얼굴로 꽃그늘에
앉아있다
생각의 근육이 얼굴을 만든다고
오늘은 신의 근육을 만져본 것도 같다

겨우내 베개 밑으로 만져지던 차갑고 거친 눈빛이 아직
얼얼한데
그 손끝에서 세상 모든 쫓겨난 것들이 모여 우는 아궁이를
보았다
세상의 아침을 보았다

새벽이슬을 열고 나온 불면증 환자의 눈에서 고약을 뜯어내
는 시간
　부스럼을 이기고 나오는 새살들을

낙숫물이 언젠가 지구를 뚫을 것이다

상복 입은 여자가 아름답다며
고드름 끄트머리에서 툭 툭 물방울이 떨어져내린다
한 방울 두 방울
물방울은 끝도 없이 떨어져 내리고
영원히 멈추지 않을 생각처럼

면도칼로 제 손목을 그은 피 붉은 생각들이 멀리서 불어오고
동백이 다투는 시절은 바다 쪽으로 불어가고

중학교 일 학년 때인가 밤중에 이상한 소리가 나서 창밖을
내어다 보는데 가로등 아래 웬 아저씨가 울고 있는 거예요
어른이 우는 거 아버지가 우는 건……

고드름 끄트머리에서 물방울이 떨어져 내리고 그치지 않고
떨어져 내리고
물방울을 따라서 강으로 바다로 흘러가서 깊이 깊이
대륙과 대륙이 갈라지는 틈으로 들어가

용암 곁에서
지글지글 함께 끓다가 차가워졌다가
지구 중심에서 아주 오래 오래

입춘 지나 어디쯤

그녀의 책은 입술에서부터 읽힌다

겨울비가 책장마다 독약을 발라 놓았으나 관 두껑을 열자
꽃비가 내렸습니다

갈범이 돌아앉는다는 입춘 추위가 엊그제인데 파릇파릇
나무 아래 좋은 글자들이 가득해요

눈꺼풀을 도려내면 더 잘 보일까

매운 고추 먹은 놈이 눈알만 때굴때굴하더니

바람결에 그 사람 눈매를 보았습니다 낙숫물에 손을 씻으니
뼈마디가 저려옵니다만

댓잎이 푸르른데 무당이 작두를 타려는지 대나무 깃발이
부르르 떨고 있습니다

제2부

식구

식구라는 말이 그리워 옥편을 들추니 밥식에 입구라고 쓰여 있다
밥 먹는 입 밥 먹는 구멍 밥 먹는 아가리

거지엄마가 거지새끼들을 새끼줄에 묶어 주렁주렁 끌고 가는 걸 본 적이 있다
새끼줄을 왜 새끼줄이라 부르는지 그때는 정말 몰랐다

온 세상 숟가락 부딪는 소리 가득한 저녁 문득 새끼줄 맨 *끄*트머리에라도 매달려 따라가고 싶다

다녀오겠습니다

볕 좋고 바람 또한 좋아
나무그늘에 앉았는데
흐느끼는 소리가 들려 두리번거려도
보이는 이 없는데
이번에는 휘파람소리가 들려온다
빈 병이 울고 있는 거였다
어떤 사연을 지녔기에 이 바람은 여기서 빈 병을 울리고
있나

다녀오겠습니다
이 말을 해본 지 꽤 오래되었다는 생각에
빈집에 대고 다녀오겠습니다
중얼거린 적 있다
누군가 다녀오겠습니다 하던
꽃잎처럼 저문 그 말씀이
울고 있는 건 아닐까

아무 데나

술국이 맛나게 끓고 있는 해장국집을 들어설 때나
질척거리는 진창길 지나 불빛 흐린 여인숙 현관문을 들어설
때
지나는 고운 여자 뜻 모를 웃음에 홀려 길을 잃는 오후에도
내 집은 바람 속에 있다

어딜 가랴 가도 가도 끝없는 길 위에서
고향은 언제나 변두리 버스정류장이고 시외버스터미널이
고
간이역 햇살 환한 기차정거장 출발 오 분 전
처마 끝 배추시래기에도 뿌리의 기억이 새롭게 눈뜨는 저녁
낯익은 골목 밥 짓는 냄새에 살을 데이며
길 떠나야지
어느 생이 다시 온다 해도 만날 수 없는 그리움이 모르는
누구의 마당을 향하는데

꽃밭에는 꽃들이

꽃 한 송이 심을 곳 없어 마음에 심고 잊은 지 오래 어느 날 문득 잠결에 어른대는 꽃향기 꿈인가 일어나 앉았더니 제비꽃 무더기 얼굴을 씻고 올려보네 전생의 내 아이인가 둘러앉아 젖을 달라네 제비새끼들처럼 주둥이 벌렸네 돌아보니 수국이 뜰 안에 가득하네 화장기 없는 누이가 살짝 웃어주는데 여기는 누구네 뜰일까 찬 물 한 바가지 뜨고 둘러보니 많이 본 집이네 문을 열면 맨발로 뛰어나올 식구들 있겠네 숟가락 부딪는 소리 설거지 소리 문고리 잡고 아득해지네

서글퍼서

밥 먹다가 숟가락을 내려다본다 밥풀이 묻어있고 거기 저녁
이 잔뜩 묻어 끈적이는데 숟가락 놓고 꾸물꾸물 몰려드는
어둠을 바라보다 밑도 끝도 없이 밀려드는 놈들을 껴안고서
등을 다독여주다 얼싸안고 눈물 흘리다 세상에 태어나 한
끼도 못 얻어먹었을 놈들아 내 새끼들아 내 밥 먹여주마 밥
먹고 한잠 늘어지게 자거라 천 년이고 만 년이고 늘어지게
자고 일어나면 정처 모를 어느 저녁 밥 한 끼 먹여줄 창가에
꿈처럼 걸린 얼굴 있으려니

용접

출렁이던 액체가 불꽃이 된다

파르스름한 하늘이 타고 있다 언젠가 돌이끼였을지도 모를

돌이끼 곁 샘물이었을지도 모를 그 샘에 비치던 푸른 하늘이

었을지도 모를 어느 누구의 맑은 눈망울 가득 빛나는 눈물

속이었을지도 모를

저 무엇이 타고 있다

얼마나 많은 마을과 시냇물과 줄기와 잎새를 거쳐 왔을까

용접봉을 든 장갑 낀 손이 가늘게 떨고 있다

고단한 한 생 지나온 길목에 용접 불꽃처럼 타오르던 날들이

있었다고

떨고 있는 손끝에서 도무지 알 수 없는

저 무엇이 타고 있다

풍성갈비

막일이 서툴러

종일 말귀를 못 알아먹더니

소주가 각 두 병을 넘어서는데

그는 한 마디 말이 없다

두 눈에 벌겋게 물집 잡혔다

곧 터지겠다

굳은살끼리는 떠들어대면서도

다 알지

내일 또 나올라나 어쩔라나

지워질 것이다

네 눈에 언뜻 비친 별똥별의 세월을 안다

일찍 삶을 건너갔구나

징검다리 어느 만치 갔니

물소리 들린다

일기책이

몇 년 몇 월 며칠이 글썽이고 있구나

글자들이 제 피 속으로 스며들고 나면

맑은 웃음으로 질통을 메라

나는 삽을 들마

말 달리자

언제부터인가
내 방에 거친 숨결이 함께 살고 있다
처음엔 나직나직한 숨결이더니
조금씩 거칠어지는 게 아닌가
내 귀가 별들과 소통을 시작하자
내 꿈이 지붕에 뿌리내리는 소리인 줄 알았다
이젠 입 냄새 때문에 못 살겠다
울음소리에 시끄러워 못 살겠고
발굽소리에 잠 못 드니 더욱 못 살겠지만
그 아름다운 두 눈에 가득
끝을 알 수 없는 어둠이 사랑스러워
날마다 한 트럭씩 풀을 베어다 먹였다

자 이제 방문을 연다

가거라 말

대설풍경

달빛이 마을 구석구석 다리미질하고 있다

혼자 사는 영감이 움으로 고구마 꺼내러 가서는

영영 돌아오지 않는 밤이다

잘 다린 와이셔츠에서 뽀드득 소리 나겠다

폭설

여름 내 풀벌레소리 쓸려와 창문이 막혔나 귀뚜라미 가물대
던 가을 지나
이 밤 고요하시다

고요가 고요를 잡수시다 체하셨나
뚝
부러지며 쏟아지신다

판소리 중에 고수가 북을 찢었나
세상 고요를 고막이 다 먹먹 잡수셨나

성님성님하면서 눈이 내릴 때

입춘 추위가 매섭던 새벽 차비도 없이 눈 속에 갇혀버린 광명하고도 사거리에서 헤매다 찾은 조모 시인의 고시원

성님 시원한 물 쪼까 드셔 이 방 저 방 다니며 담배도 얻어와서 성님 담배 잠 피워 보드라고잉 앗따 차비라도 구해얄 텡게 또 이 방으로 저 방으로 돌아친다 성님 전철비가 천오백 원잉께 버스비가 팔백오십 원 이제 이천사백 원이면 갈 수 있제 성님 꼬깃꼬깃한 천 원짜리 한 장에 백동전을 하나하나 세어가며 손에 쥐어준다 성님 참말로 미안하요 라면이라도 한 봉지 끼려 드려야는디 주머니 먼지밖에 가진 게 없어라 맨발로 따라나서며 우린 입춘의 눈발을 맞는다 성님 봄 되면 나가야지라 일거리도 많을 테고라 방도 얻어야지라 성님 도다리 좋은 놈 잡아 회도 쳐 묵고 찌개도 끼려 감서리 소주도 한잔 찌끄리고잉

새봄엔 광명한 햇살이 내리실라나 광명사거리에 눈 내린다 성님성님하면서

다시 안면도에서

하늘과 물이 만나 찰랑찰랑 이야기를 나누고 있다

무슨 이야기일까 귀 기울여보아도 잘 모르겠다

몇 십억 년을 나누고도 저렇게 할 말이 많을까

다시 고요히 귀 기울여본다 문득 들려오는 소리

── 인간들의 악수와 악수 사이엔 늘 피가 묻어있어

갑자기 하늘과 물빛이 서슬 퍼렇게 짙어왔다

두루미는 물가에서 제 그림자를 들여다 보고

소설가 김성동 선생 댁에서 크게 싸운 적 있다
술을 먹어 그렇기도 했지만 말이 거칠어졌다
누군가 내가 독립운동가 후손이라는 이야기를 했고 이런저
런 이야기 끝에 선생은
나더러 억울해야 한다고
나는 우리 조상이 보상을 바라고 독립운동을 하진 않았을
것이라고 대들며 하나도 억울하지 않다고 우겼다
그러던 끝에 목소리가 더욱 높아지고
선생은 나더러 꼴도 보기 싫으니 꺼지라 했다
양평읍에서도 몇 십 리 산골짜기 절터에 집을 지었으니
차도 없이 나올 길이 막막했으나
그 깊은 밤 두말없이 자리를 박차고 일어나 나왔다
돌아오는 길에도 화가 가라앉지를 않아 쌍코피가 흘러내렸
다

오늘 산 하나 넘어 다른 집에 묵으며 봉우리 너머를 바라본다

그날 우리는 누구에게 화를 낸 것일까

억울해야 한다는 목소리와

억울하지 않다는 목소리가 끝도 없이 내 안에서 싸우는

소리 들린다

아직도 아궁이 불빛이

한겨울
문고리 함부로 못 만지는 마음이
쩍쩍 들러붙어
떨어지지 않는 방문을 열면

손톱으로 이를 잡아 터뜨리는 오도독 오도독 소리에 놀란
싸라기눈이 슬레이트 지붕 위를 벼룩처럼 뛰는 밤

아궁이 불빛이 괄게 타오르면
가마솥 끓는 소리가 기관총 소리를 닮았다고
개들이 사람고기를 뜯어 먹고는
철버덕철버덕 고인 물을 양껏 먹는 걸 보니
사람고기가 짜기는 짠 모양이라고
이미 기차에 몸을 싣고
청천강 쯤 건너고 있는 눈빛으로
할머니 한 분 중얼거리며 앉아 있고
고양이와 강아지가 한 마리씩 그 곁에 서로 모르는 척

앉아있고

기차가 잠시 머문
봉천이나 장춘쯤에서
봄으로 가는 문고리를 만지작거리는
나이 오십을 바라보는 사내가
아궁이 불빛을 들여다보고

뜨거운 열매

땀으로 절어 구두가 썩을 때까지 뛰어다닌 적 있었다
콧구멍 속 콩알이 익을 정도로 열심히 살아본 적도 있었다
흘린 땀이 말라 반짝이는 소금을 모아 놓으면
소금가게 하나 차리겠다며 웃음 지은 적 있었다
질통 지고 벽돌 지고 오르내릴 때
언젠가 이런 집 한 채 장만해야겠다고
눈빛 반짝이던 날들이 있었으나
지나보니 알겠다
산다는 것이 얼마나 뜨거운 열매인지를
먹으려 들면 입술부터 녹아내리고
이가 술렁술렁 빠져 내리고
혀가 흘러내리는 일이라는 것을

피 대신 흐르는 것들

산다는 건 불을 훔치는 건데
사랑은 더욱 그렇다
내 혈관에 흐르는 것들을 따라가 보면
늘 거꾸로만 흐르는 바늘 닮은 무엇이었다
어디에 기댄다거나 살짝 걸음을 옮기는 일들
한번은 상처 입은 전깃줄에 목을 맨 적도 있었다
닭을 서리할 때 닭장 바닥에 손을 펴놓으면
따뜻한 게 좋아 닭들이 손바닥에 올라앉았다
따뜻하거나 뜨거운 것들은 참 위험하다
불도그나 셰퍼드에게 삶은 무를 던져주면 덥석 받아 문다
그렇게 뜨거운 것들 뒤에 오는 얼굴엔 이가 숭숭 빠져 있다

꽃 같은 세상

날개 부러진 새가 찾아와 밤새 소주를 마셨다 지구를 두드리
는 커다란 북소리도 들려왔다 북채를 빼앗아 고수를 두들겨
패주고 싶었으나 취한 몸이 말을 듣지 않았다

씨부렁거리며 여기저기 꽃 핀다

제3부

바늘

우리 집이 고요했던 때를 안다

바늘을 떨어뜨렸던 때를

바늘은 너무 깊이 떨어져서

아직도 가라앉는 중이다

물소리도 없었다

필리핀 마리아나 해구 일만천 미터

비티아즈 해연까지 내려간 모양이다

며칠 전 무슨 소리를 들은 것 같은데

수압을 못 이겨

바늘이 몸 뒤틀며 지르는 신음이었던 것 같다

고요

　도둑이 달빛을 가로질러 건너다가 그림자 밟혀 넘어졌다
　검법 중에서도 가장 무서운 검법은 뼈를 자르는 검법인데
그 어떤 고수도 이 고요는 자르지 못한다
　삶을 쓰려다 오타를 쳐 사람이 되었으나

　내가 쓰고 있는 이 글은 끝내는 데 목적이 있지 않아서
잘못 쓴 유전자 지도를 들고 끝도 없이 한밤중을 헤맬 것이다

첫사랑

가을을 물고
금붕어 떼가 산천초목을 데려간다

그 옛날
저 붉은 지느러미를 따라간 사람이 있었다

아지랑이

빈집이 허기에 지쳐 벽지를 뜯어먹다 초벌 바른 신문지를
읽고 있다

무슨 일인가 마당이 수런수런 시끄러워 내다보니

보글보글 햇살이 마당에 모여 라면을 끓이고 있다

가마솥 척 걸어놓고 장작불 지폈다 기다렸다가 젓가락 들고
나가야겠다

몸살

햇살이 풀 먹여 잘 다려놓은 모시이불을 닮았다
문틈으로 향긋한 약 달이는 냄새가 새어 든다
누워있지 왜 나완
마당 귀퉁이 돼지우리 곁엔 진흙 바른 간이부뚜막이 있다
이젠 패독산 한 첩이면 감기도 정나미가 떨어져 구만 리는
달아날 게다
당목저고리에 수목치마 정갈한 가리마가 먼 길 떠나실 차림
같아 서글펐다
대가리와 꼬리를 떼어낸 통통한 콩나물에 갱엿을 얹어 아랫
목에 덮어두면
콩나물이 명주실처럼 가늘어졌다
그 국물을 마신 게 어젯밤 일인 것 같은데
한약을 먹으려면 속이 허하면 안 되지
할머니 말씀 때문인지 연기 때문인지 눈이 쓰려왔다
수수께끼를 하나 내랴
골백번도 더 들어 달달 외운 그 문제가 난 참 좋았다
충디충 로디홍 츠디 라

만주족 말인데 젊어선 푸르고 늙어지면 붉고 입에는 맵다
소주잔을 비운다
된장에 고추를 찍어 씹으니
입에는 맵고 눈이 붉어온다

호두 두 알

만지작거리면서 생각합니다
아주 어려서는 깊은 그늘이었지요
조금 더 커서는 깨뜨리기 여간 힘들지 않은 작은 세상이었습
니다
다 컸다고 생각됐을 때엔 그만 잊었지요
마흔이 넘으면서 머리에 좋다는 알맹이를 생각했습니다
오늘
폭우와 폭염을 견뎌내며 문득 단단함을 생각합니다
조급하게 깨뜨리려고만 하던 어린 날을 생각하고
시원한 그늘만을 생각하다가 이제
단단함에 대해 생각이 미칩니다
이 단단함 속에는 무엇이 들어있을까요
혹시 모르죠
저 검은 구름장을 깨뜨릴 우뢰나 벼락이 숨어 있을지도요
만지작거리니 맑은 소리가 들려옵니다

송아지 눈 속 깊은 우물을 본 적 있니

그 물에 두레박을 내려 달을 길어본 적 있니
그 달을 마시고 꽃을 토해본 적 있니
그 꽃 속에 들어가 한잠 늘어지게 자본 적 있니
그 잠 속에서 꿈을 불러 엄마를 만나본 적 있니
그 품에 안겨 은하 별들을 뚝뚝 흘려본 적 있니

꽃소식

보리 싹 된장국에 봄동나물에 회도 한 접시 놓고
쇠주도 한 잔 찌끄리자고잉

갑자기 내 몸이 근질거리기 시작하더니 푸스스 모래알처럼
부서져 내리기 시작하는데
　아늑한 기쁨이 온몸으로 밀려드는데 서서히 가루가 되어
전화기 속으로
　빨려들기 시작하는데

전화는 멀리 남쪽에서 걸려왔는데
전화를 받자 꽃이 흘러나오는 게 아닌가
꽃잎이 귀를 간지르더니
꽃가루 때문인지 재채기를 하고 말았는데

무궁화 꽃이 피었습니다

참 이상해
마당이 무언가 수상한 기운으로 가득해
숨바꼭질하다가 나 혼자 남겨진 기분이야
자고나면 오이순이 호박 줄기가 고추대가 상추대가
한 뼘씩 자라는데
온종일 들여다봐도 꼼짝 않다가
자고 나면 또 한 뼘이니
마당에 분명 뭔가가 있어

무궁화 꽃이 피었습니다

돌아보면 모두 얼음땡이야
저것들이 모두 짜고 저러든지
귀신이 있던지
마당에 뭔가 있긴 있어

사과문

길을 가다 돌멩이를 걷어찼습니다

너무 아파 씨발 하고 내려다보니

욕하지 않습니다

뼈대 있고 뿌리가 깊은 돌멩이였습니다

저녁이 오고 있다 저토록 아름다운

밥통을 끼고 앉아 눈 먼 밥을 먹으며
생각이 깊다

지난여름이 떨구고 간 그림자에
피가 묻어 있었나

나무에 매달려 몽둥이찜질을 당하는 개의 눈빛
그 푸른 광채가 보인다

뱀이 지닌 독니 그 끝에서 빛나는 독액의 아름다움은
두려움에 뿌리를 내리고 있다

사람이 숨을 거두는 순간 이십일 그램의 무엇인가가
몸에서 빠져 나간다는데

누군가 마당을 가로지른다 붉은 꼬리를 가졌다

보라

컹컹 개가 짖는다 내다보니 눈보라가 거세다 바람 속에서는 사람들 웅성거리는 소리가 들리고 자꾸 보라 보라 한다 떼거지 되어 어디론가 몰려가고 있다 보라 보라 날더러 자꾸 보라해서 따라나서는 길 이보라 저보라 김보라 박보라 많이 본 얼굴들이 다 임진년에 죽은 코 없는 곽보라 병자년에 죽은 얼굴 없는 판보라 아직 끊어지지 않은 모가지 달고 가는 묵보라 개보라 내보라 비보라 장보라 최보라 위보라 십보라 동학년에 온몸 기관총 구멍 숭숭 뚫린 초보라 푸보라 난보라 군보라 영보라 육이오에 생매장당한 시커먼 이름 없는 보라 저기 저 철조망에 아직도 걸레처럼 늘어져 있는 김보라 송보라 은보라 월남에서 수류탄 끌어안고 죽은 망나니가 찢어진 몸으로 칼을 마구 흔들어대고 있다 검기劍氣마다 보라의 푸른 모가지가 날리는 여기는 아직 끝나지 않은 보라 보라 보라의 무덤 이 세상 가장 깊어 바닥도 없는 우물

불국사

　오래된 집은 사람처럼 앓습니다 이 빠지고 귀 어둡고 해소 가래 기침에 시달리지요 관절염 앓는 바람이 절룩이며 지나가자 가르릉 가래 끓는 소리에 낙엽이 뒤를 좇습니다 가을이면 나는 내장을 빼낸 생선 울긋불긋 갖은 양념 뒤집어쓰고서 끓습니다 이 없으면 잇몸으로 살라지만 말처럼 쉽습니까 청명한 바람이 오래된 축음기판을 지익 긁고 지나가는 소리에 서리 맞은 꽃들이 문득 깨어나 마당에서 툭 툭 불거집니다 애신각라 애신각라* 틀린 꽃 속에서는 막차 떠나는 소리도 들립니다 이 집엔 금나라를 떠난 툰드라가 살고 있어서 문고리에는 늘 살이 묻어있습니다 부리에 피를 묻혀야 우는 새가 뒤뜰에서 울면 나는 피를 빼낸 불국사 퓨즈 나간 나무가 되어 전기 없이도 홀로 타오릅니다

* 愛新覺羅: 청나라 황족의 성씨이다. 신라를 사랑하고 잊지 않겠다는 뜻

너에게 가는 동안

창자가 어두워지는 술 때가 되면
쓸쓸한 목도리들이 술집 문을 여닫는 술 때가 되면
술국이 진하게 끓는 곁에 안경도 닦는
등뼈가 곧은 슬픔들이 술 때가 되면
짜내면 먹물이 주르르 흘러내릴 머리 검은 짐승들의
술 때가 되면 울음은 살이 썩어 흘러내린 뒤
그 먼 뒤로 미루고
두개골 사이 깊은 고요 같은 것들에게 미루고
혀가 타고 목구멍이 타고 오장육부를 돌아 쩌르르
온몸 불 밝히는 술 때가 되면

중환자실

안경이 뜨겁던 저녁을 기억하네
눈물 없이 울던 사람이 있었다고
중환자실 창틀에 벗어 놓은 팔십 년이 고요하네
당신의 지하를 떠나 이제 별 한 채 짓겠네
고향 쪽으로만 서서 울던 짐승이었네
부디 그 별에는 철조망이 없기를
땅거미가 굳은살 박인 고요를 먹어 들어가네
벗어 놓은 신발은 어디로 갔을까
안경이 잠시 붉은 빛으로 반짝이네

가을 편지

열쇠를 잃어버린 눈빛들이 술잔 깊숙이 앉아있어
어릴 적 장독을 쓰다듬듯 쓰다듬어 줄까
우리가 자주 오던 술집이야
나무들이 정갈한 눈빛으로 서 있어
벌써 가을이 등뼈를 세우며 우드득 일어서는 소리가 들리네
어디를 둘러봐도 귀먹은 거리가 피 흘리고 서있는 게 보여
순대는 창자에게 제 피를 밀어 넣는다지
신선한 포도주가 가득 담긴 살가죽들이 거리에 넘쳐나고
있어
우리 나눠 마실까
그림자가 웃을 소리지
포도주를 퍼 나르는 심장에서
심전도 신선한 물결무늬가 거리에 가득 퍼지는 저녁이야
저녁 먹으러 가자고 창자가 쓸쓸하게 말하네
세상이 너무 어두워
귀가 말해주네
그래도 밥은 먹어야지 오른손이 말하고 있어

우리 언제 밥이나 먹을까

농담이나 실컷 안주 삼아 포도주도 나눠 마시고

객사

발자국 모양으로 살얼음 찍힌 논을 지나는데
뒤따라오던 내 발자국이 춥다춥다 합니다
이 외진 곳에 누가 제 온기를 남겨 놓았을까
발자국이 남겼을 순간의 무게를 생각합니다

날빛보다 더 밝은 요단 강 건너에는
문이 활짝 열려있겠습니다만
울음 우는 쇠기러기 몇 마리 외엔 보이질 않습니다
하나님 오른편에 서서 영생복락을 누리기엔 참 알맞은 주검
입니다
아이 두 놈이 다듬다 버린 콩나물처럼 흐린 눈빛이네요

노을이 살고 있는 금빛 창문 집에
하루가 놀러 와서 밥 얻어먹는 시간입니다

문득

오래전 그날 쪽으로부터 눈보라가 몰려오고 있었다

이런 날은 배가 항구에 있으면 안돼야
죄다 깨져부러
파도칠 땐 파도를 타야 햐
파도는 육지랑 가차이 있을수록 기댈 언덕이 있응께
거칠어 부러 야
새끼들도 그러잖여

묵은 건전지를 먹고 죽었던 시계가 막 돌아가기 시작했다

파도를 타야 혀 바다로 먼 바다로 파도가 낮은 곳으루 비
내리는 거기까장

허기져 목 메인 다감한 것들의 기척

정우영 (시인)

1.

외로움이나 슬픔, 어둠 같은 그늘이 시에서 지나치게 드러난
다 싶으면 나도 모르게 움찔, 움츠려든다. 동시에 혹 엄살
아닐까 하는 경계가 작동되면서 의심의 눈초리가 열린다. 참으
로 외롭거나 슬픔 속에 잠긴 자라면, 그 그늘조차 어둠 속에
잠길 거라 여겨서 그럴 것이다. 게다가 시인들이 좀 엄살쟁이들
인가.

그래서 나는 시의 겉에 드러나 있는 그늘은 그늘로 보지
않는다. 나를 통과한 현실이 눈을 넘어 들어가 마음에 가라앉아
야 그늘이라 보는 것이다. 시의 그늘이라면 모름지기 마음에까
지는 드리워져야 하지 않을까.

그런 면에서 나는 시의 그늘을, '심연의 그늘'이라 일컬으며 어떤 벽을 쳐두고는 한다. 내가 만일 그늘에 관한 시를 쓰고자 할 경우, 심연의 그늘까지는 가닿아야 한다고. 뭘 그렇게까지, 하고 의문을 가질 이가 혹 있을지 모르겠다. 나는 세상을 한번 둘러보라고 권하고 싶다. 자본주의의 탐욕이 얼마나 극렬하게 인간들을 닦달하고 몰아세우고 있는지 보시라고. 자기소외에 내몰리지 않은 사람이 거의 없을 지경이다. 그러니 어중간한 감상성(感傷性)으로 어찌 시에 감동이 감기겠는가. 어림없다. 이렇게 쓰인 시들은 마음의 파문은커녕 어설픈 변죽이나 울리기 십상이다.

그러니 인간 삶의 내면적 혼돈과 질서를, 그늘의 시정으로 포획하려는 자는 달라야 한다. 내 식으로 표현하면 그는, 현실의 시안을 열어 저 심연의 그늘에 들어갈 수 있어야 한다. 이때 중요한 것은 내 몸의 현실을 바탕 삼아야 한다는 점이다. 현실을 잊거나 버리고 내면에 들어가 만나는 심연은 공허하다. 무엇을 진하게 본다 한들 다 헛것의 세계이다. 자칫 잘못하면 내면을 왜곡하여 스스로를 크게 망가뜨릴 수도 있다. 실제로 이렇게 들어갔다가 내면에 갇혀 돌아오지 못하고 오히려 현실을 차단해버린 이들 더러 있다.

그런 점에서 보면 차라리 시에서 그늘을 걷어차 버리는 게 더 나을 것 같기도 한데, 어쩌랴. 생래적으로 음지를 앓고 있고, 현실적으로 온갖 간난신고(艱難辛苦)의 두려움들을 넘어서야 하는 시인들 적지 않으니. 이들은 숙명처럼 비우고 채우고 하면서 오랫동안 심연의 그늘에 머물 수밖에는 없는 것이다.

2.

　나는 조길성의 시도 그늘 쪽에서 읽었다. 하지만 왠지 버거웠다. 시가 고여 드는 게 아니라 처연한 감상성에 젖어 있는 것처럼 느껴진 것이다. 허어, 하는 헛바람이 자꾸 새들었다. 그의 시에서 직감적으로 무언가 다른 울림을 감지했으나, 글로 풀자니 자꾸 꼬였다. 그가 내보이는 시의 겉에 자꾸 미끄러지자 드디어는 이렇게 생각했다. 엄살인가. 곤혹스러움에 헤매고 있을 때, 그의 페이스북에서 다음과 같은 글귀를 접했다.
　"새벽에 일어나 앉아서 잠들지 못했다. 어둠 속에서도 사방 벽이 땀을 흘리고 있었다. 무슨 특별한 일이 없었는데도 내 방이 이리 낯설어 눈물이 주르르 흐른다."
　순간, 그제까지의 내 모자란 평석(評釋)이 아프게 접질려왔다. 그가 아니라 나였다. 내 고집스런 그늘관이 시의 겉을 훑어다니고 있었던 것이다. 나는 그의 시에게로 들어간 적이 없었다. 다만 그의 시를 내게로 끌어다 놓고 그저 들여다보고 있었을 뿐.

저와 같은 도저한 자폐의 존재감을 느껴보지도 못했으면서 그의 시를 내 경험으로만 재단하고 있었다니. 등허리에 흐르는 식은땀을 느끼면서 나는 그의 글귀를 거듭 읽었다. "무슨 특별한 일이 없었는데도 낯선 내 방", "어둠 속에서도 땀을 흘리고 있는 사방벽"이란 얼마나 철저하게 모멸적인 이질감이란 말인가. 그가 흘리는 저 눈물이 내게서 처연한 감상성을 벗겨내자, 그로부터 인간 존재에 관한 근원적인 흐느낌이 들려왔다.

그 흐느낌은 오래지 않아 잦아들고 먹먹한 시적 장면들이 차츰차츰 나를 채워왔는데 맨 처음 다가온 시가 「허기」였다. 울음을 말리는 데에는 먹거리가 제격이라는 것인가. 나도 갑자기 국수를 말고 싶어졌다.

오늘은 귀로 국수를 먹습니다 바람국수를요 바람이 키운 아이가 국수를 말고 있습니다 굶어죽은 사람의 마지막 숨결이 고명으로 얹혔네요 누군가 어깨 들먹이며 울먹이는 국수 흐느끼는 국수 한숨으로 울음으로 뜨거워진 국수를 먹습니다 내 안에 사는 허기라는 이름을 가진 짐승은 다리가 코끼리를 닮았고 대가리는 쥐를 닮은 놈이 배창새기가 흰고래수염만큼 커서 그 허기가 말도 못하여 저승 윗목에 부는 바람같이 막을 길이

없습니다 국수를 먹습니다 불치의 국수를 집 없는 국수를 문이
없어 꽉 막힌 국수를 팔다리 잘리고 몸뚱이로만 굴러다니는
불구의 국수를

——「허기」 전문

허기를 끄는 데 국수보다 빠른 먹거리는 없었다. 그래서
국수는 가난한 자의 주요 양식이었다. 국수 삶는 냄새만 맡아도
허기가 달래지는 때가 있었다. 이 시의 국수는 어떨까. "누군가
어깨 들먹이며 울먹이는 국수 흐느끼는 국수 한숨으로 울음으
로 뜨거워진 국수." 흐느낌에 더하여 울음까지 그득해진 느낌
이다. 게다가 "굶어죽은 사람의 마지막 숨결이 고명으로 얹"히
기까지 했다. 이런 국수라면 허기를 꺼뜨리기는커녕 오히려
더 가파르게 허기를 피워 올릴 것 같다. 이뿐 아니다. "불치의
국수, 집 없는 국수, 문이 없어 꽉 막힌 국수, 팔다리 잘리고
몸뚱이로만 굴러다니는 불구의 국수"라니. 차라리 거부하는
게 나을 듯싶다. 허기를 피하려다 허기에 잡혀 먹혀버리지
않을까. 그도 이렇게 말한다. "내 안에 사는 허기라는 이름을
가진 짐승은 다리가 코끼리를 닮았고 대가리는 쥐를 닮은
놈이 배창새기가 흰고래수염만큼" 크며 "저승 윗목에 부는
바람같이 막을 길이 없"다고. 이쯤 되면 허기가 아니라 괴물이
다.

그런데 가만, 그가 그린 저 형상을 조심스레 떠올려보자. 왠지 짠하지 않은가. 좀비나 흡혈귀처럼 무지막지한 괴물체로는 보이지 않고, 어쩐지 덩치 큰 가여운 짐승처럼 다가오는 것이다. 자, 그렇다면 이제 생각해봐야 한다. 이 '허기'라는 것이 과연 무엇이기에 그가 국수로도 끄지 못하고 이토록 허겁지겁 굶주려 하는지.

나는 그의 시 「식구」를 소환하고자 한다. 허기와 식구는 어딘가 모르게 상보적이지 않은가. 식구를 만나면 저 허기라는 짐승도 어쩐지 꺼질 것만 같은 것이다.

식구라는 말이 그리워 옥편을 들추니 밥식에 입구라고 쓰여 있다.
밥 먹는 입 밥 먹는 구멍 밥 먹는 아가리

거지엄마가 거지새끼들을 새끼줄에 묶어 주렁주렁 끌고 가는 걸 본 적이 있다
새끼줄을 왜 새끼줄이라 부르는지 그때는 정말 몰랐다

온 세상 숟가락 부딪는 소리 가득한 저녁 문득 새끼줄 맨 끄트머리에라도 매달려 따라가고 싶다

—「식구」 전문

나는 그가 '가족'이라는 말 대신에, '식구'라고 쓰고 있음을 주목한다. 이로 보건대 그가 바라는 곳은 그냥 집이 아니다. '함께 밥 먹는 사람'인 식구가 있는 곳이다. 식구, 하면 어떤 풍경이 떠오르는가. 한 밥상에서 함께 밥 먹으며 나누는 온기 아닌가. 그는 이 온기에서 배제되어 있는 것이다. 다들 알마치고 들어와 맞는 "온 세상 숟가락 부딪는 소리 가득한 저녁", 외로운 허기로 사무치는 그는 한 가족을 떠올린다. "거지새끼들을 새끼줄에 묶어 주렁주렁 끌고 가"던 거지엄마 가족이다. 당시에는 거지엄마가 끌고 가는 새끼줄이 단순히 짚으로 꼰 새끼줄인 것으로만 알았으나, 그는 이제 깨닫는다. 그 줄은 엄마와 새끼들 간에 이어진 피와 밥의 탯줄이었음을. 그 장면을 회상하며 그는, "새끼줄 맨 끄트머리에라도 매달려 따라 가고 싶"지만, 되돌릴 수 없다. 그는 이미 그 시절을 지나와버린 것이다.

허기를 끄고자 식구를 찾았는데, 그는 혼자이다. 혼자라니, 그 외로움까지 더해져 허기는 더욱 커지는 것 같다. 누군가는 말할지도 모른다. 혼자 먹는 '혼밥'에, 혼자 마시는 '혼술', 혼자 사는 '혼방'이 유행처럼 번지는 세태에 식구의 부재가 뭐 그리 대수냐고. 혼밥이나 혼방을 선택한 이들이라 할지라도 이들에겐 언제든 돌아가 같이 밥 먹을 식구들이 있다. 이들은 다만, 그 현실을 잠시 유보하고 있거나 그 현실을 벗어나고자

스스로 뛰쳐나온 것이다. 시에서 그가 부딪치고 있는 부재감과
는 차원이 다른 것이다. 그에게는 돌아가 수저질 함께 나눌
시공간이 없다. 현실 속에서는 원천적으로 봉쇄되어 있는 것이
다.

　식구가 부재하니 허기는 강렬해지고 사태는 난감해졌다.
어떻게 해야 이 부재감을 지우고 허기도 꺼뜨릴 수 있을까.
현실에서 해결할 방도가 없으니 그가 기댈 데는 어떤 가상현실
아니면 회상일 것이다. 그의 시 「다녀오겠습니다」에 그 바람들
이 담겨 있다. 그가 그리는 시공간이 어떤지 「다녀오겠습니다」
로 들어가 보자.

　　별 좋고 바람 또한 좋아
　　나무그늘에 앉았는데
　　흐느끼는 소리가 들려 두리번거려도
　　보이는 이 없는데
　　이번에는 휘파람 소리가 들려온다
　　빈 병이 울고 있는 거였다
　　어떤 사연을 지녔기에 이 바람은 여기서 빈 병을 울리고
　있나

　　다녀오겠습니다

이 말을 해본 지 꽤 오래되었다는 생각에

빈집에 대고 다녀오겠습니다

중얼거린 적 있다

누군가 다녀오겠습니다 하던

꽃잎처럼 저문 그 말씀이

울고 있는 건 아닐까

— 「다녀오겠습니다」 전문

이 시에서 그는 가상의 실재를 산다. 빈집인데도 혼자가 아니다. 혼자이되 여럿과 함께인 삶이다. 보라, 나무그늘도, 울고 있는 빈 병도, 빈 병을 울리고 가는 바람도 있지 않은가. 이들은 나와 교감하는 객관화된 실체들이다. 빈 병의 흐느낌이 곧 자신의 흐느낌으로 다가오는 것은 바로 이 때문이다. 하지만 사물은 사물일 뿐, 입김도 나눌 수 없고 말로 전하는 안부도 물어보지 못한다. 그럼에도 불구하고 그는, 실제로 "빈집에 대고 다녀오겠습니다 / 중얼거"려 본다. 받아줄 사람 없어도 실제처럼 행동해 보는 것이다. 그럴 때, "다녀오겠습니다" 하는 그의 소리가 그에게 어떻게 돌아올까. 울음의 이명처럼 "다녀오겠습니다, 다녀오겠습니다" 되돌이치지 않을까.

나는 저 빈 병의 울음이 바로 이와 같을 것이라 짐작한다. "누군가 다녀오겠습니다 하던 꽃잎처럼 저문 그 말씀"이 바람

의 자극을 받아 "다녀오겠습니다, 다녀오겠습니다" 메아리지
는 것이다. 여기서 내가 궁금해지는 이는 저 '누군가'이다.
맨 처음 저 '누군가'는 빈집과 연관된 그 '누군가'였을 것이다.
하지만, 그가 나누었던 인사인, "다녀오겠습니다"가 빈 병의
울음을 넘어 그에게 인식되었을 때, 그 '누군가'는 더 이상
남이 아니다. "꽃잎처럼 저문 말씀이 / 울고 있는" 저 '누군가'에
는 나의 '서러운 그리움'이 스며들어가 있는 것이다.

　저 '누군가'와 함께 관심 기울여야 하는 대상이 바로 '빈
병'이다. '비어 있는' 저 빈 병이야말로 그의 허기를 그대로
드러내고 있지 않은가. 나는 저 빈 병의 울음에서 그가 흐느끼는
허기를 듣는다. 허기의 흐느낌은, 따라서 저 '누군가'의 '서러운
그리움'에 그 연원을 두고 있는 것이다. 그러니 그의 허기를
끄기 위해서는 그 '누군가'를 반드시 찾아가야 한다.

　이때 내게 퍼즐의 열쇠처럼 「자연은 자꾸 냉정해만지고」
속 시구절들이 스쳐지나갔다. "누가 배고프다 하면 허벅지를
베어 피 뚝뚝 흐르는 살을 건네주던 손"과 "몸 허물어져서야
빛나는 집 이제 이 집도 비워야겠지요"라는 시행이다. 저 "손"
과 "몸"이 사라지기 전 살았던 집, 그 집을 찾기만 하면, 빈집의
허기를 채웠던 그 '누군가'를 만날 수 있을 것이다.

　하지만 호락호락하지 않다. 그이를 만나러 회상의 집으로
가기 위해서는 몸살을 앓아야 한다. 이는 허기에서 비롯된

몸살이기도 하고, 더 리얼한 과거 속 현재를 재현하기 위한
의례로서의 몸살이기도 하다. 물론, 시 「몸살」의 회상 속 정황
도 몸살의 현장이다.

> 햇살이 풀 먹여 잘 다려놓은 모시이불을 닮았다
> 문틈으로 향긋한 약 달이는 냄새가 새어 든다
> 누워 있지 왜 나완
> 마당 귀퉁이 돼지우리 곁엔 진흙 바른 간이부뚜막이 있다
> 이젠 패독산 한 첩이면 감기도 정나미가 떨어져 구만 리는
> 달아날 게다
> 당목저고리에 수목치마 정갈한 가리마가 먼 길 떠나실 차림
> 같아 서글펐다
> 대가리와 꼬리를 떼어낸 통통한 콩나물에 갱엿을 얹어 아랫
> 목에 덮어두면
> 콩나물이 명주실처럼 가늘어졌다
> 그 국물을 마신 게 어젯밤 일인 것 같은데
> 한약을 먹으려면 속이 허하면 안 되지
> 할머니 말씀 때문인지 연기 때문인지 눈이 쓰려왔다
> 수수께끼를 하나 내랴
> 골백번도 더 들어 달달 외운 그 문제가 난 참 좋았다
> 충디충 로디홍 츠디 라

만주족 말인데 젊어선 푸르고 늙어지면 붉고 입에는 맵다
소주잔을 비운다
된장에 고추를 찍어 씹으니
입에는 맵고 눈이 붉어온다

— 「몸살」 전문

여기는 어디인가. 할머니와 그가 함께 식구로 살던 집이다.
"마당 귀퉁이 돼지우리 곁엔 진흙 바른 간이부뚜막이 있"는
걸로 보아 도심은 아니며 살림살이가 그리 넉넉한 것 같지도
않다. 몸살 앓는 그에게 할머니가 '패독산'과 갱엿을 달여 먹이
려 하는 걸로 연상해볼 때 상당히 오래전인 어떤 날의 정경임을
짐작할 수 있다. "당목저고리에 수목치마 정갈한 가리마가
먼 길 떠나실 차림 같아 서글펐다"는 구절이 복선으로 깔려,
지금 여기에 할머니가 부재함을 암시하고 있기도 하다. 하지만
시의 전반적인 분위기는 과거가 현재로 재생된 듯 선명하게
포근하다. 할머니와 주고받는 만주족 말 수수께끼마저도 실감
나게 들린다. 소주잔을 비우면서 그는 현실로 돌아오지만,
할머니의 살내 나는 품안 같은 저 집은 사라지지 않는다. 아마도
그의 귀에는 여전히 "층디층 로다홍 츠디 라" 만주족 말, 잔잔하
게 떠 있을 것이다.

이로 보아, 이제 '누군가'의 정체를 대략 짐작하실 수 있을

것이다. 시 속에 나오는 손자인 그가 유력하다. 하지만 나는 특정하고 싶지 않다. 시에는 등장하지 않지만, "다녀오겠습니다" 인사한 뒤 사라져버린 그의 아버지일 수도 있는 것이다. '누군가'를 찾아 나서긴 했지만, 나는 그 '누군가'를 군이 하나의 대상으로 굳힐 필요는 없다고 여긴다. '누군가'는 그냥 그 '누군가'로서 족하지 않을까 싶은 것이다. 회상 속 존재로 머물다가 찾아가는 이를 따라와 현재에서 재생되는 그 '누군가'가 존재한다는 것만으로도 우리의 그리움은 마냥 설레지 않는가.

'누군가'는 그렇다 치고, 그러면 '허기는?' 하고 궁금해 할 사람이 있을 것이다. 물론, 「몸살」에도 그 기미가 드러난다. 이 시에는 여타 시와는 다른 느낌이 들어 있는데, 그게 예사롭지 않은 것이다. '북방정조로의 귀소'쯤으로 불렀음 직한 안타까운 몸부림과 그것이 파생시킨 어떤 '시림'이 그것이다. '할머니의 부재에 따른 시린 그리움'이라고 표현해야 마땅할 이 정서적 울림은 통증처럼 아리고 아늑하다. 이 시린 그리움이 그에게 시적 에너지로 작용하기도 할 텐데, 그는 어쩌면 이 원초적인 갈망 때문에 뼛속 깊이까지 더 시리게 될지도 모른다. 그런 점으로 보면, '이 시린 그리움'은 그가 꿈꾸는, 저 북쪽 추운 곳, 함경도라든가 만주라든가 하는 땅이 그에게 보내는 신호라는 생각도 든다. 그가 끊임없이 원초적 본향인 그쪽을 향해 허기의 영혼을 졸이자 이에 대해 그 땅이 응답한 건 아닐까 싶은 것이다.

　자, '허기'에 관한 탐색은 여기까지다. 하지만, 나는 망설이고 있다. 이것의 정체도 굳이 토설해야 할까 싶은 것이다. 나는 참으려 하는데 당신은 어떠신지? 나와 함께 부디 그러셨으면 좋겠다. 여기까지 읽으면서 마음속에 그림자로 가라앉은 어떤 것들, 배고픔, 식구, 울음, 그리움 등등 그 모든 것들이 다 그가 허기져 하는 것들의 목록이라고 생각해버리는 것이다. 그렇게 하면 그 허기져 하는 것들의 목록이 어우러져 서로의 허기를 메워주려 혹 손잡아주지 않을까.

　이를테면 시 「성님성님하면서 눈이 내릴 때」의 조모 시인과도 같이.

　　입춘 추위가 매섭던 새벽 차비도 없이 눈 속에 갇혀버린 광명하고도 사거리에서 헤매다 찾은 조모 시인의 고시원

　　성님 시원한 물 쪼까 드셔 이 방 저 방 다니며 담배도 얻어와서 성님 담배 잠 피워 보드라고잉 앗따 차비라도 구해얄 텡게 또 이방으로 저 방으로 돌아친다 성님 전철비가 천오백 원잉께 버스비가 팔백오십 원 이제 이천사백 원이면 갈 수 있제 성님 꼬깃꼬깃한 천 원짜리 한 장에 백동전을 하나하나 세어가며 손에 쥐어준다 성님 참말로 미안하요 라면이라도

한 봉지 끼려 드려야는디 주머니 먼지밖에 가진 게 없어라
맨발로 따라나서며 우린 입춘의 눈발을 맞는다 성님 봄 되면
나가야지라 일거리도 많을 테고라 방도 얻어야지라 성님 도다리
좋은 놈 잡아 회도 쳐 묵고 찌개도 끼려 감서리 소주도 한잔
찌끄리고잉

　　새봄엔 광명한 햇살이 내리실라나 광명사거리에 눈 내린다
성님성님하면서

　　　　　　　　　　—「성님성님하면서 눈이 내릴 때」 전문

　　조길성의 시가 그늘과 허기를 지나 찾아든 곳이 바로 여기다.
나는 눈물겹게 저 고시원의 조모 시인을 만난다. 저 조모 시인,
혹은 자신의 분신일 수도 있는데, 그렇다고 한들 또 어떠랴.
따뜻함이 이렇게 충만한데. 자본주의사회는 끊임없이 인간들
에게 돈 벌어라, 돈 써라, 몰아세우고 닦달한다. 그렇지 않으면
바로 루저(loser)라는 이름의 소외 딱지를 붙인다. 그러나
조모 시인에게는 이쯤 대수롭지 않다. 자신에게 손님이 찾아오
지 않았는가. 속으론 어쩔지 몰라도 겉으로 보이는 조모 시인은
대단한 낙천가다. 성님성님하는 그에게, 허기와 결핍은 세를
펼치지 못한다. 나는 그가 세파에 주눅 들지 않고 "광명한
햇살이 내리"시는 광명에서 새봄에도 여전히 성님성님하면서

살아갈 거라고 믿는다.

이 시는 조길성 시의 미래를 예감케 한다. 감동 실린 울림이 여러 갈래로 퍼져나가는 것이다. 그늘과 허기가 그의 중요한 자산이라고 해도, 더러는 이 시처럼 천연덕스러운 낙천성이 필요하다. 게다가 이 시는 회상을 통해 과거로 돌아가지 않고 여기 현재에 뿌리를 내리고 있다. 이 점이 무척 중요하다. 그의 발이 세상을 딛고 있기 때문이다.

나는 그가 회상보다는 상기, 상기보다는 리얼한 현재에 더 눈 두길 바란다. 아픈 과거를 잊으라는 게 아니다. 상기를 통해 과거를 여기로 가져오고 그 가져온 과거로 현재를 쓰라는 것이다. 그러기 위해선 그가 좀 더 심하게 '몸살'을 앓아야 할까. 선택 쉽지 않아서 나는 은근슬쩍 그에게로 밀친다. 알아서 하시오 하고.

3.

그의 시 「몸살」에 내가 전염된 것일까. 여러 곳이 으슬으슬 시리다. 시려서 곱은 손을 잠시 조물락거리고 있다. 그는 어쩌다 이렇게 허기진 시들을 꺼내놓게 되었을까. 시린 손 조물락거리면서 자문한다. 드문드문 들었던 그에 관한 말들이 스치고 지나간다. 간난신고에 접질렀다는 전언들이다. 전언들이 다 들어맞지는 않겠지만, 그럴 법하다고 시린 귀가 말한다. 그는 또래보다 더 험한 역정을 헤쳐 온 것 같아, 시린 눈이 말한다. 시 속에 그려지는 이미지들이 그렇게 떠오른다면서. 흠, 그렇다면 이 시집은 간난신고에 관한 허기진 마음의 기록으로 읽어야 할까. 시린 이를 감싸며 혀가 문장을 가다듬는다. 에이, 그러면 재미없지. 시를 왜 그렇게 규정하려고만 해. 속내를 들킨 것처럼 화끈거린다. 그러자, 시림이 한풀 가셨는데, 무슨 언어유희처럼 시림이란 말이 다른 시림을 끌고 들어온다. 시림(詩林), 시의 숲이다. 허기는 벗고 그의 시를 다시 생각해 봐. 시의 맘이 요청하고 있다. 그래, 하고 답한 뒤 조길성의 시림으로 다시 들어선다. 시림의 그늘에서 아무 생각 없이 머물고 싶다.

나는 보리밭으로 갈 것이다

초판 1쇄 발행 2017년 4월 14일

지은이 조길성
펴낸이 조기조
펴낸곳 도서출판 b
편 집 김사이 김장미 백은주
표 지 테크네
인 쇄 주)상지사P&B

등록 2003년 2월 24일 제316-12-348호
주소 08772 서울시 관악구 난곡로 288 남진빌딩 401호
전화 02-6293-7070(대) 팩시밀리 02-6293-8080
홈페이지 b-book.co.kr 이메일 bbooks@naver.com

ISBN 979-11-87036-22-7   03810

값 9,000원